LUDOVIC DUPERCHE

HEURES

PERDUES

PRIX : 3 FRANCS.

PARIS

LIBRAIRIE THÉATRALE, 12, BOULEVARD SAINT-MARTIN

ÉDITEUR DE LA SOCIÉTÉ DES GENS DE LETTRES

1856

HEURES PERDUES

Paris. — Typ. de Mme Ve Dondey-Dupré, rue Saint-Louis, 46.

LUDOVIC DUPERCHE

HEURES

PERDUES

PARIS

LIBRAIRIE THÉATRALE, 12, BOULEVARD SAINT-MARTIN

ÉDITEUR DE LA SOCIÉTÉ DES GENS DE LETTRES

1856

Allez, mon livre, au gré du vent;
Vous le voulez, bravez l'orage;
Vous en aurez, je crois, souvent
A supporter plus d'un outrage.
Allez toujours avec courage;
La gloire n'est qu'un vain mirage
Et rien n'est vil comme l'argent.
Que voulez-vous? Comme le sage
Allez toujours, ne vous plaignant
Ni du soleil ni du nuage :

Au monde tout est décevant.
Vivez en vous, puis, au vieil âge,
Enfin mourez tout doucement :
Car chacun meurt, suivant l'usage,
Laissant sa place au survivant.
D'un livre mort le monde étend
Linceul d'oubli sur chaque page.
Courez donc vite en attendant.

LES FEUX FOLLETS

Des follets brillent dans l'ombre.

BÉRANGER.

Le follet fantastique erre sur les roseaux.

V. HUGO.

« Enfants ! les feux follets sont les âmes des morts,
De ceux qui, poursuivis là-bas par les remords,
Souffrent en purgatoire, et reviennent sur terre
Pour réclamer de nous souvenir et prière.
A genoux donc, enfants ! Prions! prions pour eux !
Puis ils prîront pour nous quand ils seront heureux. »

Cette fausse croyance est naïve et touchante.
Ne la trouvez-vous pas bien douce et consolante

Pour ceux dont le cœur aime au delà du tombeau?
Mais la science humaine allume son flambeau,
Et devant sa lueur fait fuir cette croyance,
Fruit, innocent pourtant, de l'antique ignorance.
Cette lueur terrestre, est-ce un mal? est-ce un bien?
Ne nous prononçons pas, car nous n'en savons rien.
Pourtant, en devenant moins crédule et naïve,
La foi devient aussi moins ardente et moins vive.
Encor, si la raison n'atteignait que l'erreur!
Mais nous tuant souvent toute croyance au cœur,
Elle éteint, feu divin, sous un souffle de glace,
Ton bienfaisant rayon, qui pâlit et s'efface.

Adieu donc, loups-garous, sorciers et revenants,
Gnomes, blanches Willis, et vous noirs nécromants,
Autrefois les héros des contes du village!
L'on oublie aujourd'hui Merlin dans son nuage;
Le roi des Aunes dort au fond de ses forêts,
Ondine dans sa grotte, et Mab dans son palais;
L'on ne redoute plus Morgane ou Mélusine;
Et l'on ne croit plus voir la colère divine
Poursuivre cet Harrus, fantastique chasseur,
Qui jadis profana le temple du Seigneur.

Conte cent fois redit, ballade poétique,
Légende d'autrefois, tradition antique,
Oh! mon cœur vous regrette et vous aime toujours,
Comme un doux souvenir de mes plus heureux jours.
Vous berçâtes souvent ma curieuse enfance;
Aussi de vous toujours j'ai gardé souvenance;
Et, quand les feux follets dansent sur l'eau, le soir,
Alors je pense aux morts et je crois les revoir.

LE ROI DES AUNES

D'après Gœthe.

Sous cet ombrage épais qui voyage à cette heure?
Dans les arbres le vent tristement siffle et pleure;
D'un instinctif effroi le cœur est pénétré.
Pourtant dans la forêt un cheval est entré,
Emportant dans sa course un enfant et son père.
Ses pas précipités résonnent sur la terre :
Car il est déjà tard; et, vêtus pauvrement,
Les voyageurs ont froid sous l'haleine du vent.

Et puis, c'est à minuit que dansent les fantômes,
Les esprits, les lutins, les sylphes et les gnomes.
Or, l'ombre est bien épaisse; il est bientôt minuit;
Au ciel brumeux et sombre aucun astre ne luit.
L'enfant pleure, il a froid; son père en vain l'embrasse,
Sur son cœur le réchauffe, et dans ses bras l'enlace :
Car il est tout saisi d'une vague frayeur,
Et dans les yeux il a des larmes de terreur.

LE PÈRE.

Qu'as-tu, mon fils? Pourquoi caches-tu ton visage?

L'ENFANT.

Le roi des Aunes, père!

LE PÈRE.

Enfant! C'est un nuage
Qui passe sur ta tête, emporté par le vent.

L'ENFANT.

Non! Je vois sa couronne et son grand manteau blanc.

LE ROI DES AUNES.

Aimable enfant! quitte la terre;
Viens avec moi, car tu me plais;
Tout ici-bas n'est que misère;
Viens donc! suis-moi dans mon palais.
Je t'aime, enfant! et je te donne,
S'il te les faut pour être heureux,
Tous mes joyaux et ma couronne.
Et puis je sais de bien beaux jeux;
Nous y jouerons sur le rivage
Vert et fleuri d'un lac charmant
Dont l'eau jamais, au vent d'orage,
Ne se soulève en bouillonnant;
Tu trouveras toute l'année
Sur ses bords de charmantes fleurs
Dont nulle jamais n'est fanée;
Elles ont de riches couleurs
Et des parfums dont votre terre
Est ignorante pour toujours.
Viens donc, enfant! près de ma mère
Tu couleras de si beaux jours!

Elle est bonne, et ses vêtements
Sont d'or, ornés de pierreries.
Oui ! ses atours sont plus brillants
Que toutes les fleurs des prairies.

L'ENFANT.

Le roi des Aunes parle. O père ! j'ai bien peur ;
L'entends-tu murmurer un chant plein de douceur,
Qui m'effraye, et pourtant que, malgré moi, j'écoute?

LE ÈRE.

Je n'entends murmurer, sous cette sombre voûte
Au feuillage jauni, que les brises du soir.
Paix ! votre seuil est proche. Enfant ! nous allons voir,
En sortant de ce bois, notre pauvre chaumière,
Où tu te calmeras aux baisers de ta mère.

LE ROI DES AUNES.

Veux-tu venir, ô doux enfant !
Tu verras mes filles charmantes;

Qui sont tristes en t'attendant;
Elles ont des voix enivrantes,
Et savent des refrains bien doux.
Viens donc sans peur! viens les entendre;
Tu seras heureux avec nous;
Elles diront, d'une voix tendre,
Tout en berçant ton pur sommeil,
Des chants pour embellir ton rêve
Et pour égayer ton réveil.
Enfant! veux-tu que je t'enlève?

L'ENFANT.

Oh! je sens son haleine; il approche en glissant,
Comme un sylphe porté sur les ailes du vent.
Ne le vois-tu donc pas dans ce passage sombre?

LE PÈRE.

Non! je regarde en vain, et je ne vois dans l'ombre
Que des aunes formant de ténébreux arceaux,
Et de vieux saules gris qui penchent leurs rameaux.

LE ROI DES AUNES.

Enfant, ton visage m'attire;
Je t'aime, et veux toujours te voir
Auprès de moi, dans mon empire
Où tu vas t'endormir ce soir.
Oui ! dès ce soir, car je le veux;
Ta vue, enfant, sera ma joie,
Tout mon bonheur, et tu ne peux
M'échapper, faible et douce proie;
De moi rien ne peut te sauver;
Loin de moi tu ne peux plus vivre;
De force je vais t'enlever,
Si tu refuses de me suivre.

L'ENFANT.

Il me prend dans ses bras. Père ! adieu pour toujours !
Il me fait bien du mal. Père ! père ! au secours !

Le pauvre homme effrayé presse encor sa monture.
L'enfant ne parle plus; mais un léger murmure

Sort de sa bouche, et semble un sourd gémissement,
Un sanglot étouffé, le râle d'un mourant.
Le père sur son cœur prend son fils et le presse,
Croyant le ranimer d'une douce caresse.
Vaine espérance, hélas! épouvantable sort!
Quand le père arriva, son enfant était mort.

AU MARQUIS PAUL DE R***

BRETAGNE.

Oui! nous sommes encor les hommes d'Armorique!
La race courageuse et pourtant pacifique!
La race, sur le dos portant de longs cheveux,
Que rien ne peut dompter quand elle a dit : Je veux!
Nous avons un cœur franc pour détester les traîtres!
Nous adorons Jésus, le Dieu de nos ancêtres.
Les chansons d'autrefois toujours nous les chantons.
Oh! nous ne sommes pas les derniers des Bretons!
Le vieux sang de tes fils coule encor dans nos veines,
O terre de granit recouverte de chênes!

A. Brizeux.

J'aime ton ciel brumeux, ô sauvage Armorique!
Et tes traditions, beau pays poétique.
N'es-tu pas le berceau de ces contes charmants
Qui font rêver, le soir, de sylphes, de géants,

De noirs corriganed et de fantômes blancs
Que berce dans la nuit une brise magique ?
Contes des temps passés, chéris de nos aïeux,
Vous me faites rêver aux beaux siècles des preux.

Bretagne ! en tes bruyères
J'aime les vents du soir,
A l'heure des prières,
Quand, près du vieux manoir,
L'airain de la chapelle,
Dans l'espace tintant,
A l'*Angelus* appelle
Le fidèle croyant.
Chaque front se découvre ;
L'on songe aux amis morts ;
L'âme du méchant s'ouvre
A la voix des remords ;
L'âme du juste prie,
Pense à l'Ange gardien,
A la vierge Marie,
Aux saints, au divin bien ;
Le cœur à Dieu s'élève ;

L'on bénit le Seigneur ;
L'on se signe, et l'on rêve
A l'éternel bonheur.

Oui ! tu seras toujours la sainte et noble terre,
Bretagne, avec tes croix qui bordent les chemins,
Tes clochers découpés en dentelles de pierre,
Tes nobles écussons, tes poudreux parchemins,
Ces choses du passé que le présent oublie.
Tu ne partages pas la commune folie ;
Tu n'analyses pas les sentiments du cœur ;
Tu ne raisonnes pas les choses qu'il faut croire ;
Tu ne commentes pas le Verbe du Seigneur ;
Tu te voiles le front de ta robe de gloire
Pour ne pas voir passer les choses d'à présent :
Des hommes sans principe, un siècle sans croyance.
Conserve à tout jamais la foi, le dévouement,
Les nobles souvenirs et la sainte espérance ;
Garde-nous en dépôt l'ancienne pureté,
O bien-aimé pays de la fidélité !

Quand la brise du soir, qui courbe les vieux chênes,
En venant de la mer apporte dans tes plaines

Son haleine sauvage et ses âpres senteurs,
Mêlées aux doux parfums des bruyères en fleurs ;
Quand, assis sur le bord d'un granit druidique,
Le voyageur contemple une croix catholique,
Symbole bien-aimé, si sublime et si doux,
Mais trop souvent, hélas! mis en oubli par nous,
Étendant, pour bénir et protéger la terre,
Son ombre rédemptrice et ses deux bras de pierre ;
Quand il entend frémir, en rasant les genêts,
Quelque lointain murmure émané des forêts,
Ou bien de quelque cloche un son vague qui passe,
A peine perceptible, et traverse l'espace ;
Quand l'étoile paraît, si son pensif regard
Croit voir errer au loin, au milieu du brouillard,
Quelque forme indécise, ombre des anciens âges,
En silence glissant sur les grèves sauvages
Où se brise la mer aux bruits majestueux ;
Vers le ciel en priant il élève les yeux,
Croit entendre dans l'air l'orgue et le chant des prêtres,
Et rêve gravement des rois et des ancêtres.

LE SON DU COR

J'aime le son du cor, le soir, au fond des bois.

Le comte A. de Vigny.

Que j'aime entendre vers le soir
Les sons du cor qui du manoir
Troublent enfin le long silence!
Oui, j'aime ce bruit qui commence
Un hymne que comprend mon cœur,
Hymne d'amour et de bonheur.
Alors en moi naît un beau rêve
Que doucement mon âme achève.

Dans la forêt alors les seigneurs d'autrefois
Reviennent galoper. Je les vois! je les vois!
Chevaliers revêtus des couleurs de leurs belles,
Écuyers, hauts barons et nobles damoiselles,
Hommes d'armes vaillants, meute ardente, chevaux,
Dames et châtelains, pages, piqueurs, vassaux;
Tous, évoqués par moi, reviennent en ce monde;
Pour moi le moyen âge est sorti de sa tombe.
Oh! que j'aime à le voir dans mon rêve charmant,
Ce reflet du passé, ce cortége brillant
Qui court dans la forêt, qui galope et qui passe,
Réveillé par le cor sonnant un air de chasse.

Le galant troubadour
En chantant son amour
M'attendrit et me touche;
Sur un tapis de fleurs,
Sous un arbre il se couche,
Et conte ses douleurs
Au vent qui les emporte,
A l'oiseau gazouillant,
A la source qui porte

Son eau pure au torrent.
Tout semble le comprendre,
Tout ; le petit oiseau
Au chant plaintif et tendre,
La brise et le ruisseau ;
A son chant de souffrance
Tout répond : Espérance !

Mais (et peut-être, hélas ! pour ne plus revenir)
L'illusion s'enfuit, le rêve va finir :
Car déjà l'ombre vient et s'étend sur la terre ;
Le soleil n'est plus là pour dorer la poussière
Soulevée en passant par les pieds des chevaux ;
C'est l'heure des plaisirs et des rêves nouveaux.
L'or, l'argent, le velours, je vois tout disparaître,
Les chevaux qui couraient en emportant leur maître,
Les dames d'autrefois, les brillants cavaliers,
Les pages, les seigneurs, les braves chevaliers ;
Tout ! tout s'évanouit ainsi qu'une fumée.
Adieu, mon rêve, adieu ! Mon oreille charmée
Dans la verte forêt voudrait entendre encor
Les bruits, les cris joyeux, les fanfares du cor,

Excitant des chasseurs l'ardeur et la vaillance;
Mais la nuit est venue, et tout a fait silence.

Seul le troubadour
Là-bas continue
Son hymne d'amour.
Sa dame est venue :
Ils vont être heureux
Pendant la nuit sombre;
Je les vois tous deux
Qui recherchent l'ombre.
O jeunes amants !
Aimez-vous longtemps ;
Gardez votre flamme
Au fond de votre âme :
Car c'est le bonheur
Que l'amour du cœur.
C'est tout sur la terre ;
Le reste est misère.

LA REINE MAB

I

Qui de nous n'entendit des contes d'autrefois,
Qu'on répète le soir en abaissant la voix?
Or, de nos jours il est, comme au temps de nos pères,
Des sylphes, des lutins qui dansent à minuit.
Alors le voyageur marchant dans les bruyères
Voit passer en glissant des ombres dans la nuit,

Entend bruire au loin des frôlements étranges,
Et se signe, en priant Dieu, les saints et les anges.
Souvent, quand les esprits de la nuit sont joyeux,
Leur blonde reine Mab descend au milieu d'eux.
Dirigeant le sabbat du bout de sa baguette,
Souvent, triste et rêveuse, à la nocturne fête,
Sur un nuage assise, elle vient présider;
Jusqu'au jour elle assiste à la fantasque ronde;
Et les pieds des lutins, sans même la rider,
Effleurent l'eau du lac transparente et profonde.

De la reine des fées un Breton jeune et beau
Avait touché le cœur. Dans les champs de bruyères
Elle venait, quand tout sommeillait au hameau,
Lui dire mots d'amour doux comme des prières;
Et des genêts fleuris la suave senteur
Embaumait le zéphyr qui dans leur chevelure
Frissonnait doucement, et semblait à leur cœur
Comme un soupir d'amour qu'exhalait la nature.

Après un jour d'été, dans la campagne, un soir,
Ils étaient seuls ainsi, non loin du vieux manoir.
Sombre et grondant, voilà que l'orage s'avance ;
Voilà que du lac bleu l'eau perd sa transparence
Et devient d'un gris sombre, en reflétant les cieux.
Les génies effrayés s'envolent dans l'espace,
Vers la sphère où jamais leurs danses et leurs jeux
Ne sont interrompus par l'orage qui passe.
Leur reine prend alors le Breton par la main :
« Viens ! suis-moi, lui dit-elle, au dessus des orages ;
Tu seras mon époux, et tu pourras demain
Régner dans mon palais par delà les nuages;
Viens dans mes champs d'azur, au milieu des rayons,
Des suaves parfums, des douces harmonies
Qu'ignorent les humains. Viens ! ensemble fuyons !
Les esprits de la nuit, les sylphes, les génies,
Les fées et les lutins, dociles à ta voix,
T'obéiront toujours ; et moi qui suis si belle,
Moi qui donne mon cœur pour la première fois,
A jamais je serai ton amante fidèle. »
D'un pli de son voile alors l'enveloppant,
Afin que son pouvoir protége son amant,
Elle entraîne Yoric au milieu de l'espace

Qui, malgré l'ouragan, s'éclairait sur leur trace.
Et Mab était si belle, et son regard si doux,
Que l'heureux qu'elle avait choisi pour son époux
Oubliait l'univers, et ne voyait plus qu'elle,
Doucement ébloui par la flamme immortelle
Qui brillait à son front. Et la terre pourtant
Fuyait loin de leurs yeux, dans les vapeurs perdue;
Ce n'était plus qu'un point détaché vaguement
Au milieu des brouillards, dans l'immense étendue.
Puis des nuées enfin les sombres régions
S'enfuirent à leur tour; alors ils traversèrent
L'azur tout scintillant d'astres et de rayons.
Au palais de la fée ensemble ils arrivèrent,
Et les blanches Willis, au sourire si doux,
De leur reine aussitôt saluèrent l'époux.

II

Le ciel était brumeux; la brise d'Armorique
Apportait sur son aile un son mélancolique;
Alors dans sa chaumière Yvonne gémissait,
Appelant Yoric, l'ingrat qui l'oubliait.
Quand il donnait à Mab son cœur et sa pensée,
Les yeux baignés de pleurs, sa douce fiancée,
Que son amour faisait si joyeuse autrefois,
Murmurait une plainte avec sa douce voix :

LE CHANT D'YVONNE

Hélas ! celui que j'aime
N'entendra pas mon chant.
Dans ma douleur extrême,
Je n'ai plus maintenant,
Pour calmer ma souffrance,
Que son doux souvenir,
Et la faible espérance
D'un meilleur avenir.

Seule, dans la bruyère
Quand j'erre tristement,
Son image si chère
M'apparaît bien souvent,

Parfois dans un nuage,
Dans un rayon parfois,
Quand la lune du ciel nage
Là-bas sur les grands bois.

Alors que la nature
Frémit bien tendrement,
Avec un doux murmure,
Sous un baiser du vent,
Dans tout bruit qui s'élève
Yvonne entend toujours,
Ainsi que dans un rêve,
La voix de ses amours.

Lorsque l'haleine aimée
De la brise des soirs
Vient, toute parfumée,
Mêler mes cheveux noirs,

Avec elle elle apporte
Les baisers de l'absent,
Et puis elle remporte
Ceux que mon cœur lui rend.

Caresses mensongères !
Vains rêves de mon cœur !
Bien loin de nos bruyères
S'est enfui le bonheur.
Le bien-aimé d'Yvonne
Peut-être est malheureux ;
Peut-être il n'a personne
Pour essuyer ses yeux.

Quand la puissante Mab entendait cette plainte,
Comme sous un malheur son beau front se courbait,
Et ses yeux, exprimant la douleur et la crainte,
Regardaient Yoric qui bien souvent pleurait !

Car, écoutant aussi le chant de la Bretonne,
Il se sentait gagné par un regret amer ;
Ses amis, son clocher, sa fiancée Yvonne,
Tout ce qu'enfin jadis son cœur savait aimer,
Il croyait tout revoir dans un lointain mirage,
Et tendait les deux bras à cette douce image.
Pourtant la fée encor sous son charme puissant,
Malgré ces souvenirs, retenait son amant.

Mais, par un soir d'automne, aux plaines d'Armorique
Les Willis commençaient une ronde magique :
Yoric tout à coup entendit une voix,
Et, s'élançant, il vit seule au pied d'une croix
Yvonne qui priait. S'agenouillant près d'elle,
Il put braver dès lors la puissance de celle
Qui dans les champs de l'air en vain le rappelait :
Car au pied de la croix son pouvoir expirait.
Yoric retourna dans sa pauvre chaumière,
Et nul depuis ce jour ne vit Mab sur la terre.

WATERMAN [1]

AU COMTE RENÉ DE M***

Ombre de Waterman, pour franchir les barrières
Et courir dans les prés si tu reviens parfois,
Un seul instant fais trêve à tes courses altières
Pour écouter ma voix.

[1] L'accident dont il est question ici eut lieu au steeple-chase de Rennes, en 1847.

T'en souvient-il encor de tes beaux steeple-chase?
Comme on t'applaudissait quand, vainqueur glorieux,
Tu laissais tes rivaux loin, bien loin sur ta trace,
De ta gloire envieux!

Ce furent de beaux jours! Plus d'une main de femme
Du haut de la tribune agitait un mouchoir;
Même, quand tu passais, plus d'une belle dame
Se levait pour te voir.

Hélas! et c'est fini! Dans les vallons d'Avranches
Nous ne te verrons plus effleurer en passant
Les jaunes boutons d'or, les pâquerettes blanches
Sous l'herbe se cachant.

Mais ta mémoire encor ne s'est pas effacée;
Tous ceux qui t'ont connu gardent ton souvenir,
Et le comte René de ta gloire passée
Aime à s'entretenir.

Du moins, mon Waterman, sur l'ignoble litière
Tu n'as pas sans honneur terminé ta carrière.
Non! glorieux coursier, tu mourus bravement,
Héros de l'hippodrome, à Rennes, en courant,
Vaillant comme toujours, ton dernier steeple-chase;
Mais de te proclamer la victoire était lasse;
C'était l'instant fatal; c'était ton dernier jour,
Et le trépas allait te faucher à ton tour.

La piste, qu'en ce lieu coupait un double obstacle,
Traversait un chemin peu large et très-poudreux.
Ce fut là (j'assistais à cet affreux spectacle!)
Que Waterman tomba mort, hélas! sous nos yeux.
Ventre à terre lancé dans sa course dernière,
Ne voyant pas l'obstacle à travers la poussière,
Contre le haut talus il se heurta le front,
Tomba sans mouvement, et roula dans le fond
De ce fossé maudit où trébucha sa gloire.
Or, les badauds disaient, réunis sur le bord :
« C'est la casaque bleue, et c'est la toque noire. »
C'était tout! Nul n'avait quelques pleurs pour le mort.
Et pourtant quel tableau triste, mais admirable!

Ton maître avait roulé comme toi dans le sable;
Il était sans blessure; au visage pourtant,
Purpurine et vermeille, une goutte de sang
Semblait plus rouge encor sur la joue un peu pâle;
Immobile, debout sur la place fatale,
Sa cravache à la main, morne et silencieux,
Il attachait sur toi son regard douloureux,
Sur toi qui, jusqu'au bout et vaillant et fidèle,
Ne tombas qu'en courant à des exploits nouveaux;
Sur toi mort à ses pieds, ô fortune cruelle !
Tandis que déjà loin galopaient tes rivaux.

Mais, puisqu'il a fallu que tu quittes la terre,
Et qu'à jamais ton œil se ferme à la lumière,
Que fais-tu maintenant dans les champs de la mort?
Les ombres des héros morts victimes du sport
Sans doute ont accueilli ta grande ombre éplorée.
Sans doute tu trouvas la boxe préparée,
Pour te servir valets, grooms et palefreniers ,
Et puis pour te monter de hardis cavaliers.
Car bien souvent, la nuit, dans un rêve magique,
Je te vois galoper d'un galop fantastique.

Oh! sans doute à présent,
Durant les nuits d'automne,
Quelque fantôme blanc,
Gentleman en linceul, te presse et t'éperonne.

Oui! l'ombre d'un sportman
Lance à toute vitesse
L'ombre de Waterman;
Il la pousse, il l'enlève, il l'excite sans cesse.

Qu'importe de mourir,
Puisque tu peux encore
Aux champs de l'air courir
Un steeple-chase avec le cheval de Lénore?

Hurrah! Jusqu'à ce jour il n'eut point de rival.
Bon courage pourtant! Hurrah! mon bon cheval!

Les paris sont ouverts sur le turf fantastique.
Hurrah! Les morts vont vite! Allons, hardis rivaux!

O course magnifique!
Qu'ils sont vaillants et beaux!

Des autans inconnus sifflent dans leur crinière,
Et leur narine exhale un souffle lumineux
Que l'on prend sur la terre
Pour de magiques feux.

On dit : C'est le reflet de quelque météore
Qui dans l'immensité près de s'éteindre luit,
Ou quelque fausse aurore
S'allumant dans la nuit.

Que la terre à son gré parle du phénomène!
C'est le grand Waterman avec tous ses rivaux,
Et ces feux sont l'haleine
Qui sort de leurs naseaux.

Dépassant l'aquilon et franchissant les mondes,
Rien ne peut arrêter leurs courses vagabondes;

Ces fantômes rivaux, du moindre de leurs bonds,
Vous laissent loin sous eux, cimes des plus hauts monts.
Mais Waterman toujours les dépasse en vaillance :
Sans mesurer l'obstacle, il bondit, il s'élance.
A lui la palme ! à lui ! Le voilà, le vainqueur !
Ombre du barde antique, un hymne en son honneur !

Sur la harpe Ossian module un air de gloire.
De Waterman il dit la nouvelle victoire ;
Il dit ses performans, ses hauts faits glorieux.
L'on écoute les vers de l'aveugle sublime,
Du fils à qui Fingal dut un nom si fameux.
Ses accents bien-aimés roulent de cime en cime ;
Puis l'écho les redit aux sombres profondeurs
Où les mondes éteints rêvent de leurs splendeurs.

Mais le barde se tait. Il est fini, le rêve !
Il s'enfuit aux rayons du soleil qui se lève.
De nouveau, Waterman, adieu donc, il le faut !
Je ne te plaindrai plus : car je sais que là-haut,

Comme au milieu de nous tu conquis la couronne,
Et qu'au sein des splendeurs où ta gloire rayonne,
Tu ne regrettes pas la terre des vivants,
Toi, rapide rival de la foudre et des vents.

THÉRÈSE

I

LE CHANT DE THÉRÈSE

J'aime, moi pauvre fille,
Le seigneur du hameau.
Las ! pour la grande ville
Il quitte le château ;

Moi, simple paysanne,
Maintenant, chaque soir,
Au parc, sous ce platane,
Seule je viens m'asseoir.

Si j'étais damoiselle,
Il me courtiserait;
On dit que je suis belle;
Peut-être il m'aimerait.
Fille de garde-chasse,
Il ne me connaît pas;
Et pourtant, quand il passe,
De loin je suis ses pas.

Le jeune fermier Pierre
A demandé ma main;
Il agrée à ma mère,
Mais il soupire en vain.
Ne puis être sa femme :
Car j'aime monseigneur.

A lui toute mon âme,
Sans espoir de bonheur !

Qu'il a l'air intrépide
A cheval, quand parfois,
Chassant le cerf rapide,
Il traverse les bois !
Son escorte brillante
Passe comme l'éclair ;
La fanfare enivrante
Sonne et vibre dans l'air.

Mais tous ces bruits de fête
Alors me font pleurer,
Et je courbe la tête
Sans pouvoir espérer :
Je vois trop la distance
Où planent mes amours.
Adieu donc, espérance !
Rêve, adieu pour toujours !

Hélas ! je serai morte,
Certe, au printemps nouveau ;
Ma peine est la plus forte
Et me traîne au tombeau.
S'il revient de la ville,
Dans mon dernier séjour
J'aurai du moins asile
Contre mon triste amour.

La croix consolatrice
Couvrira mon sommeil
D'une ombre protectrice
Jusqu'au jour du réveil.
Cette tombe nouvelle
Peut-être attirera
Son regard, quand près d'elle
Monseigneur passera.

Ainsi chantait Thérèse, amante infortunée,
Qui déjà se sentait à mourir condamnée.

II

Un jour le glas des morts, si triste et solennel,
Vibrait lugubrement au clocher du village;
A genoux dans le temple, aux pieds de l'Éternel
L'humble foule en priant élevait son hommage;
Au milieu de la nef on voyait le cercueil
Chastement revêtu de blanches draperies.

Car celle qui mettait tout le village en deuil
Était morte à seize ans, et ses lèvres flétries
N'avaient jamais reçu ni donné le baiser
Qu'échangent les époux au jour du mariage.
Ses compagnes en pleurs avaient dû déposer,
Hélas! sur le drap blanc (simple et touchant usage!)
Le rameau d'oranger qu'en un jour de bonheur
L'on aime tant à voir, parure virginale;
Mais qui vous met toujours tant de tristesse au cœur
Quand on le voit orner une bière fatale.
Dehors, le fossoyeur, grave et silencieux,
Près de la fosse, hélas! si récemment creusée,
Attendait, et souvent *là-haut* levait les yeux,
Comme pour échapper à sa morne pensée.
Le ciel était voilé de grands nuages gris :
Car c'était en automne, au temps mélancolique
Où les arbres des champs laissent tomber, flétris,
Leurs feuillages séchés sur le chemin rustique.
Tout avait sur la terre un aspect sérieux
Qui s'harmonisait bien avec l'aspect des cieux;
Le vent, qui mugissait en sifflantes rafales,
Éparpillait dans l'air des notes sépulcrales;
Tout était sombre et froid; tout était en accord;

Rien n'écartait du cœur l'image de la mort;
Rien ne le détournait de la sainte prière.
Puis, quand on entendit le bruit sourd et navrant
Que fait la terre, hélas ! tombant sur une bière,
Quand on planta la croix, modeste monument,
En pleurant chacun vint jeter de l'eau bénite
Sur le lit sépulcral de la pauvre petite.
Pierre vint à son tour. Un sanglot douloureux
Sortit de sa poitrine ; et, des pleurs dans les yeux,
Jusqu'au pied d'un cyprès, tout chancelant et pâle,
A peine il se traîna comme un spectre vivant.
Et plusieurs, en quittant l'enceinte sépulcrale,
Entendirent passer comme un gémissement.
C'est qu'oublié de tous, dans le champ funéraire
Pierre était resté seul étendu sur la terre !
Il y resta longtemps. Le soir, le fossoyeur
Le ramena chez lui, presque fou de douleur.

III

LE CHANT DE PIERRE

A présent que ferai-je ?
Thérèse, ange adoré, je t'aimais bien pourtant !
A qui donc donnerai-je
Mes rêves et mon cœur ? A qui donc à présent ?

Plus n'aimerai personne ;
Tu seras mon premier et mon dernier amour,
Et si Dieu nous pardonne,
Dans le ciel je pourrai te retrouver un jour.

Je voyais ta souffrance,
Enfant, et sur nous deux bien souvent je pleurais ;
A la douce espérance
Pourtant, au fond du cœur, parfois je me livrais.
Je l'avais devinée,
La folle passion cause de ton souci ;
Je l'avais pardonnée.
Que le Dieu tout-puissant te la pardonne aussi !

Tu dors, toi, tu reposes
Sous cette terre où j'ai pour toi semé des fleurs.
Bientôt de blanches roses
Fleuriront sur ce tertre arrosé de mes pleurs ;
Mais toi, ma pauvre belle,
Nous ne te verrons pas refleurir parmi nous.

Ton ange sur son aile
T'a prise, en nous laissant ton souvenir si doux.

Quand le printemps eut fait verdoyer la campagne,
Le beau seigneur revint de la ville au manoir ;
Mais il n'était plus seul : il avait pour compagne
La filleule du roi, jeune fille à l'œil noir,
Qu'il avait épousée, et qui s'appelait Blanche.
La comtesse était belle ; on vantait son bon cœur :
Aussi tous les vassaux, en habits du dimanche,
L'escortaient en chantant : « Noël ! » en son honneur.
En tapis parfumé, des fleurs et du feuillage
Jonchaient la route, ainsi qu'à la fête de Dieu ;
Des draps blancs pavoisaient les maisons du village.
La comtesse à l'église alla remercier Dieu ;
Chacun était en joie, et les cloches sonnaient
De joyeux carillons qui bien au loin vibraient.

Mais de tout ce bonheur Pierre n'eut point sa part ;
Il priait et pleurait au tombeau de Thérèse.

Il pria tout le jour, et s'en revint bien tard,
Quand il n'entendit plus ce joyeux bruit qui pèse
D'un poids si lourd, hélas ! au cœur des malheureux.
Au château tout le jour avait duré la fête :
Car pour ses chers vassaux le seigneur généreux
Avait voulu la rendre et joyeuse et complète.
Après un long repas l'on chantait, l'on dansait,
Lorsque sur un tombeau Pierre tout seul pleurait !

A ÉVA

Je vous le dis, Éva, ma douleur est extrême
De voir toujours cet air de doute en votre œil noir :
Vous savez bien, madame, enfin, que je vous aime.
— Non, je ne crois à rien, m'avez-vous dit un soir.

Mais cela n'est pas vrai ; pour nous deux je l'espère.
Certes, l'on est trompé souvent ; mais, entre nous,

Il se peut faire aussi qu'un amour soit sincère,
Et j'en prends à témoin celui que j'ai pour vous.

Non, vous n'en doutez pas; mais vous êtes méchante,
Avouez-le, madame, un peu de temps en temps :
Or, voyant que cela m'attriste et me tourmente,
Vous faites l'incrédule en vos mauvais instants.

Si vous vous égariez dans la mauvaise voie
Du doute universel, Éva, je souffrirais :
Car mon cœur, voyez-vous? a besoin qu'on le croie.
Mais avant moi pourtant, c'est vous que je plaindrais.

Pourquoi courir ainsi vers un but déplorable?
Pourquoi vouloir souffrir, quand on peut être heureux?
Et quand brille dans l'ombre un rayon véritable,
De peur de se tromper, pourquoi fermer les yeux?

Sur la terre il faudrait, si tout était mensonge,
Conserver avec soin une place en son cœur
Où vous donner asile, illusions du songe :
Car le doute jamais n'engendra le bonheur.

Or, vous ne croyez pas à la vérité même ;
De vous convaincre il faut que je perde l'espoir.
Mais non ! vous savez bien, Éva, que je vous aime,
Malgré ce qu'en riant vous m'avez dit un soir.

A ÉVA

Éva, si je pouvais devenir grand poëte,
Si je marquais ma place au rang des glorieux,
Si du génie un jour rayonnait sur ma tête
La céleste étincelle, oui, je serais heureux.

Car tu ne pourrais pas, ô mon Éva chérie!
De ta mémoire alors m'exiler tout à fait.

Eh! comment m'oublier en effet, je te prie,
Quand si haut près de toi mon nom retentirait?

Puis, fière aussi peut-être, oh! laisse-moi le croire,
Quand on demanderait : Quel ange inspirateur
A soufflé sur son front? De qui lui vient sa gloire?
« C'est moi qui suis Éva, » dirait tout bas ton cœur.

ROMANCE

Madame la princesse
A des dames d'atour;
L'une m'a fait promesse
D'un doux baiser d'amour.

J'errais, moi simple page,
Auprès du vieux manoir,
Dessous le vert ombrage;
C'était hier au soir.

Elle arrive rêveuse,
Marchant sur le gazon,
Lorsque ma voix joyeuse
Disait une chanson.

Elle entend, et s'arrête
Mélancoliquement,
Et puis je vois sa tête
S'incliner doucement.

Alors, plus téméraire,
J'osai m'en approcher;
Et son âme si fière
Ne put pas se fâcher.

Bien longtemps nous parlâmes;
J'osai prendre sa main;
Et, quand nous nous quittâmes,
Elle dit : « A demain! »

Bonheur ! moment d'ivresse !
Je t'attends en ce lieu,
A l'heure où la princesse
Le soir va prier Dieu.

On l'appelle Marie ;
C'est le nom le plus doux :
Car c'est un nom qu'on prie
Toujours à deux genoux.

Mais j'entends sous l'ombrage...
Je reconnais ses pas ;
Ombres de ce bocage,
Ne nous trahissez pas.

O ma tendre maîtresse !
Merci pour mon bonheur,
Si tu tiens la promesse
Qui fait battre mon cœur.

L'IMAGINATION

L'imagination n'est qu'un prisme trompeur
Qui nous montre souvent l'ennui dans le bonheur;
Elle nous fait rêver une existence telle
Que nulle autre ne peut auprès nous sembler belle :
Plus que la vérité ses mensonges sont doux;
Ils épanchent bien plus de pure ivresse en nous.

Mais qu'importe un bonheur que nous goûtons en rêve,
Puisqu'un triste réveil aussitôt nous l'enlève?

Eh! qu'importe plutôt qu'on s'égare en rêvant,
Si l'erreur est pour nous un baume consolant?
Je sais, moi, que sur terre un cœur qui se désole
Par un rêve menteur quelquefois se console :
Quand tu nous fais souffrir, froide réalité,
Quand le cœur s'égratigne à ton austérité,
L'on trouve loin de toi, quoi qu'en dise le monde,
De plus douces pensées où l'âme se féconde.

Pour me faire goûter quelques instants heureux,
Ou consoler du moins mon exil douloureux,
La nuit, à mon chevet, oh! revenez, mes songes,
Revenez tous à moi, vérités ou mensonges;
Sans vous, qui soutiendrait mon cœur dans ces moments
Où mon être se tord en de cruels tourments?

Si vous m'abandonnez, je sens que je succombe,
Et que pour moi bientôt va se creuser la tombe.

Dans sa route ici-bas, plus d'un pleure souvent
Qui ne sourit jamais, si ce n'est en rêvant.
Dans un rêve, en effet, la rose est sans épine;
Autour de nous tout prend une forme divine;
D'ineffables parfums sortent de chaque fleur,
Et des flots d'harmonie inondent notre cœur.
Oh! qu'on dédaigne alors les choses de là terre
Avec tout leur fracas et toute leur misère!

Tout homme aime à rêver aux premières amour,
Dont le bonheur réel dure bien peu de jours,
Mais qu'on regrette ensuite, hélas! toute la vie,
Parce que de douleur la jeunesse est suivie,
Et que l'âge jamais ici-bas ne nous rend
Que réduit et flétri le bonheur qu'il nous prend.

4.

Sois heureuse aujourd'hui ; danse, folle jeunesse!
Tes souvenirs plus tard calmeront ta tristesse.

Oh ! que de fois j'ai fait des songes insensés !
Que j'ai rêvé de fois pour moi des jours bercés
Par un calme bonheur, sous un ciel sans nuage ;
Et que de fois aussi j'ai conjuré l'orage !
Mes amis étaient là, réunis tout le jour ;
Avec eux je croyais le passé de retour,
Ce passé scintillant qu'aujourd'hui je regrette,
Qui s'envola, rapide, ainsi qu'un jour de fête.

Dans mes rêves souvent un bel ange du ciel,
Au regard pur et doux comme un rayon de miel,
M'a caressé le front de ses ailes de flamme ;
Quelquefois il prenait une forme de femme ;
Et me disait alors de tendres mots d'amour
Qui me faisaient trembler de voir venir le jour :

Car la nuit est surtout aux songes favorable ;
Surtout au clair de lune un rêve est ineffable.

Merci ! merci, mon Dieu ! pour mes songes dorés
Qui, venant jusqu'à moi d'auréoles parés,
Épanchent sur mon front un flot pur de lumière,
De lumière céleste inconnue à la terre.
Toujours, Seigneur ! toujours mon esprit fut rêveur.
Toi qui laissas tomber tant de joie en mon cœur
Dès les temps déjà loin de ma première enfance,
Daigne entendre le cri de ma reconnaissance.

DÉCOURAGEMENT

C'est que nulle ici-bas ne m'a permis d'aimer.
T. G. DE LANGEAC.

L'astre qui fait aimer est l'astre des poëtes.
A. DE CHÉNIER.

... Et que dans cette vie,
Rien n'est bon que d'aimer, n'est vrai que de souffrir.
A. DE MUSSET.

Moi qui ne trouvai pas d'ange pour me sourire,
Dois-je donc retrancher une corde à ma lyre?
A qui puis-je adresser l'hommage de mes vers?
Qui s'intéresse à moi, mon Dieu! dans l'univers?

L'amour pour le poëte est presque du génie;
Quand son cœur reste froid, la muse en est bannie.
Tout rayon lumineux émane de l'amour;
Pour tous il doit briller, comme l'astre du jour.

J'en suis privé pourtant : mon âme est isolée.
Hélas ! hélas ! un jour, ma jeunesse envolée
Ne me laissera pas même un doux souvenir,
Quand je verrai vers moi la vieillesse venir !

Un souvenir pourtant est une douce chose,
Propre à rendre l'hiver moins triste et moins morose
Pour qui, lors du printemps, profitant des beaux jours,
Obtint un doux regard de l'ange des amours.

Je manque de courage
Pour mon triste labeur :
Car pour moi le bel âge
S'écoule sans bonheur.

Hélas! dès mon aurore
Je fus seul ici-bas;
Au soir, tout seul encore,
Qui soutiendra mes pas?
Pour nous guider sur terre
Il nous faut les amours;
Quand on est solitaire,
On s'égare toujours.
Qu'est-ce qu'un peu de gloire
A côté du bonheur?
Hélas! notre mémoire
N'est qu'un écho menteur.
Encor, si l'espérance
De ce bien décevant
Consolait la souffrance
Qui m'abreuve à présent;
Si l'avenir en rêve
Se montrait glorieux,
Je pourrais faire trêve
A mes cris douloureux.
Mais afin que la terre
Garde mon souvenir,
Mon Dieu! que puis-je faire?

Pour vivre en l'avenir
Je suis trop inutile;
Je n'ai rien fait de bien;
Mon travail est stérile
Et ne conduit à rien.
Il n'est que le génie
Pour se passer d'amour;
Et le ciel me dénie
Ces deux rayons de jour.
La nuit triste et profonde
Règne seule en mon cœur,
Voilant à tout le monde
Mon amère douleur.
Aussi personne encore
Jamais n'y compatit;
Tout le monde l'ignore :
Car je suis trop petit,
Hélas! pour qu'on remarque,
Sur les flots du torrent,
Rouler ma pauvre barque
Qui va s'engloutissant.
Parfois sur mon visage
S'il passe une lueur,

C'est un éclair d'orage
Et non pas de bonheur.
Le bonheur, je l'ignore,
Sans doute pour toujours ;
Car, puisqu'en vain j'implore
La gloire et les amours,
Qui peut sur cette terre
Me le faire goûter ?
Qui peut dans ma misère
Ne pas me rebuter ?

Pourtant, autour de moi, sans haine et sans envie,
Comptant ceux qui, parés des biens de cette vie,
Ont à la fois la gloire et l'amour auprès d'eux,
Je me dis seulement : « Oh ! voilà des heureux ! »

Heureux ! Eh ! le sont-ils ? Le bonheur véritable
Habite-t-il, mon Dieu ! ce monde misérable ?
Dans notre foule, hélas ! qui vous aime et vous craint,
Les grands et les petits, tout le monde se plaint.

Malheur ! malheur ! L'on a tout ce que je désire,
Et l'on n'est pas heureux ! et toujours l'on soupire !
La gloire et les amours laisseraient en mon cœur,
Hélas ! comme à présent, sa place à la douleur.

Seigneur ! si je n'avais placé mon espérance
Dans un autre séjour, dans une autre existence,
Où pourrais-je puiser un encouragement,
Puisque tout ici-bas est vain et décevant ?

ESPOIR PENDANT L'ORAGE

Ah ! qu'il se passe en moi quelque chose d'étrange !
Souris-moi de là-haut, souris-moi, mon bon ange.
J'en ai besoin, vois-tu, car le ciel est bien noir ;
Il me faut ton secours pour garder un espoir.
Aujourd'hui tout menace ; au ciel gronde l'orage ;
La vague avec fracas s'écroule sur la plage ;

Tout tremble; tout a peur : sur la création
L'on sent passer le vent de la destruction ;
Du soleil le nuage a voilé la lumière ;
Je n'entends d'autre bruit que celui du tonnerre.
Que nous prépare donc ta justice, Seigneur ?
Autour de nous pourquoi cette sublime horreur ?
Les temps sont-ils venus ? Est-ce la fin du monde ?
Est-ce pour l'annoncer, dis ! que ta foudre gronde ?
Oh ! pour nous repentir, Seigneur, encore un jour !
As-tu donc épuisé pour nous tout ton amour ?
Pauvre insensé ! que dis-je ? il est inépuisable ;
Ce doute est à lui seul un crime épouvantable.
Pardon ! pardon, Seigneur ! Je mérite mon sort ;
Mais du pécheur, mon Dieu ! tu ne veux pas la mort :
Aussi, me confiant à ta sainte clémence,
Je m'incline, et répète : Espérance ! espérance !

Et l'orage, en effet, déjà moins menaçant,
D'en haut laisse passer un rayon bienfaisant,

Doux rayon de soleil qui perce le nuage,
Et ramène sur terre une moins sombre image.
Tout renaît ici-bas. Merci ! merci, Seigneur !
Je puis avoir encor quelques jours de bonheur.
Les éclairs ont pâli ; la foudre est éloignée ;
Déjà, par l'eau du ciel la nature baignée,
Fraîche et pure, sourit à l'azur, et pour nous
Autour d'elle répand ses parfums les plus doux.
Plus belle elle paraît, sortant de la tempête.
Sous la main du Très-Haut elle a courbé la tête ;
Mais il a pardonné : nous revoyons les fleurs ;
L'arc-en-ciel est venu pour calmer nos frayeurs.
Arc-en-ciel bien-aimé, doux gage de clémence,
Pour l'homme sois toujours un signe d'espérance.
Tout est autour de nous plus embaumé, plus frais.
Seigneur ! bénis d'en haut les heureux que tu fais !

C'est une image, amis, des tempêtes de l'âme
Qu'éclaire aussi souvent une sinistre flamme.

Quand, par ordre de Dieu, l'orage gronde en nous,
Troublant dans notre cœur nos rêves les plus doux,
Il ne faut pas pourtant perdre toute espérance ;
Mais il faut au Seigneur garder sa confiance.
Notre cœur peut toujours redevenir heureux,
Lorsqu'au jour de l'épreuve, au ciel levant les yeux,
Nous disons au Seigneur : Ta volonté soit faite !
La résignation bien sincère et parfaite,
Dans la nuit la plus sombre éclairant notre cœur,
Pour lui sait allumer un rayon de bonheur.

Le repos est plus doux après un long voyage,
Le jour après la nuit, le calme après l'orage.
La palme récompense un martyr douloureux,
Et, quel que soit leur sort, ceux-là sont bien heureux
Qui toujours ont gardé leur espoir en leur père,
Qui n'ont jamais été vaincus par la misère,
Qui, lors des mauvais jours, ont dit : Seigneur ! Seigneur !
Tu nous gardes au ciel un éternel bonheur.

Oh ! que l'homme doit voir avec reconnaissance
L'Être éternel lui-même ordonner l'Espérance !
Il lui donna pour sœurs la Foi, la Charité ;
Par elles trois le ciel peut être mérité.
Aussi les nomme-t-on vertus théologales,
Et pour notre salut elles n'ont point d'égales.
Leur pratique est pour nous à la fois un soutien,
Et le guide qui doit mener notre âme au bien.

L'espoir ne quitta pas Job aux jours de détresse,
Quand, brisé par les maux de sa triste vieillesse,
Il souffrait et priait, couché sur un fumier.
Noé, lors du déluge, envoya le ramier ;
Et l'oiseau rapporta comme une récompense
Un rameau vert et frais, symbole d'espérance.
Le vieux Tobie aussi là-haut mit son espoir,
Quand il avait les yeux couverts d'un bandeau noir.
Et Dieu les regarda tous trois dans leur misère,
Et même leur rendit tous les biens de la terre,

Avant de leur donner les éternels bonheurs
Qu'il réserve là-haut à ses bons serviteurs.
Ils avaient exhalé quelques plaintes, sans doute ;
Mais le juste sept fois trébuche sur la route
Avant d'avoir atteint le terme d'un seul jour,
Et trouve sept pardons dans le divin amour.
A Dieu confions-nous, et que tout sur la terre,
Comme ces trois élus en sa clémence espère !

FRAGMENT

Satan est revêtu de la pourpre des rois,
Et la couronne d'or à son front étincelle ;
En esclave l'enfer est courbé sous ses lois.
Un seul regard jailli de sa fauve prunelle,
Ravivant des damnés les ardentes douleurs,
Redouble autour de lui les sanglots et les pleurs.

5.

Il est fort; il fut beau; mais l'éclat du tonnerre
A sillonné son front; la céleste lumière
N'éclaire plus pour lui l'heureuse éternité.
Dans les gouffres sans fond par Dieu précipité,
Mais se drapant encor dans son orgueil immense,
Fier encor des débris d'une folle espérance,
Sur la création il attache son œil
Par un regard mêlé de colère et d'orgueil.

A LA MÉMOIRE DU MARQUIS G. DE N.

Toi qui mourus si bien, compagnon d'autrefois,
Te soulèveras-tu dans le fond de ta tombe,
Cher, en reconnaissant les accents de ma voix?

Non! dans ce gouffre où l'homme un jour ou l'autre tombe,
Si jeune, tu plongeas, pauvre ami, jusqu'au fond;
Non! tu n'entends plus rien; ton sommeil est profond.

Ton âme a fui bien loin des choses de la terre;
Le tombeau, sombre asile, enferme ta poussière,
Et de toi parmi nous le nom seul est vivant.

Mais que t'importe, à toi, que t'importe l'histoire?
Ton cœur, aux nobles sons des fanfares de gloire,
Ne retrouvera pas un dernier battement.

Des hommes ont passé, gravant sur notre monde,
Comme un sillon profond, l'empreinte de leurs pas :
Hélas! ce qu'on en dit ne les réveille pas.

Dans le néant humain quand l'on jette la sonde,
L'on se dit quelquefois que les morts sont heureux :
Nos craintes, nos regrets ne sont plus rien pour eux.

Plus de rude labeur, de lutte, de naufrage!
Ami, rien ne peut plus, de ce qui vient de nous,
Ni troubler ton repos, ni le rendre plus doux.

Sur ta tombe pourtant je dépose un hommage.
Tu ne l'entendras pas, et mes faibles accents,
Inutiles, seront dispersés à tous vents.

N'en est-il pas ainsi de la fleur embaumée
Que l'on sème parfois d'une pieuse main
Près de la tombe où dort une personne aimée?

Au printemps cette fleur s'épanouit en vain;
La brise emporte au loin son parfum inutile.
Le mort est insensible, et l'hommage est stérile.

Est-ce bien vrai, pourtant? Moi, je crois quelquefois
Que l'homme en son tombeau peut entendre la voix
De ceux qu'en son vivant il aima sur la terre;

Qu'on se comprend encor du monde au cimetière,
Et que les morts enfin peut-être sont joyeux
Qu'on leur donne des fleurs et que l'on parle d'eux.

Que sert de le cacher? Votre gloire, ô poëte!
Vous livre aux envieux déchaînés contre vous;
Car le rayon qui brille autour de votre tête
Vous désigne à la haine, aux attaques de tous.

Que sert de le cacher? L'ambition vorace
Ne suffit pas toujours à vous remplir le cœur.

C'est un bel arbre aux fruits dorés à la surface,
Mais le plus souvent creux, sans parfum ni saveur.

Que sert de le cacher ? L'amitié méconnue,
En s'en allant du cœur, laisse un vide bien grand.
L'âme, isolée alors, demeure triste et nue,
Traînant comme une plaie un souvenir saignant.

Que sert de le cacher ? L'amour, ô jeune femme !
Vous réchauffe d'abord, et puis vous brûle après :
Il éclaire, éblouit, et puis aveugle l'âme.
C'est un feu qu'il ne faut approcher de trop près.

Que sert de le cacher ?... mais que sert de le dire ?
Sur ces rides laissons leurs masques gracieux.
Si nos cœurs sont blasés, amis, tâchons d'en rire !...
S'en plaindre est inutile, et dormir vaut bien mieux.

CONSEIL

Prenez garde, mon cher, aux jolis yeux d'Adèle ;
Plus d'un rayon petille en sa brune prunelle :
    Prenez garde à ces feux.
Voyez ! Le papillon souvent brûle son aile
En s'approchant trop près de la vive étincelle
    Dont il est amoureux.

Je fais parfois un rêve, un rêve bien-aimé
Qui berce ma pensée et tient mon cœur charmé;
En moi de mes chagrins il endort la mémoire,
Quoiqu'il ne parle point de fortune ou de gloire.

Qu'a-t-il pour me séduire? Il montre seulement
Un vallon bien agreste, ombreux et souriant;
Un manoir qui s'accroche aux flancs de la colline
Regarde avec bonheur ce vallon qu'il domine.

Ce manoir est le mien : c'est ici que mes jours
Coulent dans un repos que j'enviai toujours.
Tout est silencieux ; à peine la nature
Pour moi fait-elle entendre un vague et doux murmure :

C'est comme un hymne pur de tendresse et de paix
Que l'homme dans ses chants n'imitera jamais ;
Et loin de me troubler, ce bruit porte au contraire
Mon esprit au repos, mon âme à la prière.

Mais tout n'est pas ainsi toujours calme au manoir ;
Il est de sombres jours. J'entends parfois, le soir,
Au sommet du donjon les clameurs des orfraies ;
La tempête mugit dans les hautes futaies ;

Ma girouette en fer grince au souffle du vent,
Fièrement blasonnée à mon chevron d'argent ;
Dans l'espace ébranlé l'ouragan tourbillonne ;
En grondant, le torrent bat le roc et bouillonne ;

La foudre, avec fracas, trace un sillon dans l'air,
Et tout change d'aspect aux lueurs de l'éclair ;
Mon beau vallon devient un sombre précipice ;
Et du ciel il ne tombe aucun rayon propice.

C'est affreux ! et pourtant cela me plaît parfois :
Car parfois ces lueurs et ces sinistres voix,
Qui semblent préluder à quelque sombre drame,
Ne font plus que répondre à l'état de mon âme.

Alors que nous avons quelque tempête en nous,
Nous ne nous plaisons pas dans un repos trop doux ;
Nous aspirons après quelque sombre harmonie,
Et le calme nous semble une amère ironie.

Puis l'orage d'ailleurs ne peut m'ôter l'espoir :
Car l'église est tout près ; d'ici je puis la voir ;
Et la croix du clocher, dont l'ombre est sur ma tête,
Domine également le calme et la tempête.

J'aime la pâquerette
Emaillant le pré vert,
Et sous un frais couvert
Une source où, coquette,
La fauvette parfois
Vient se mirer et boire.

J'aime, dans les grands bois,
Me rappeler l'histoire
Des anciens chevaliers,
Quand le chevreuil agile,
Regagnant son asile,
Bondit dans les sentiers.
L'hiver, de la campagne
J'aime le manteau blanc;
L'été, dans la montagne,
Oh! j'aime les splendeurs d'un beau soleil couchant.

J'aime le clair de lune
Aux rayons argentés,
Et les flots irrités
Se brisant sur la dune.
J'aime le vieil ormeau,
Le chêne séculaire,
Le saule au bord de l'eau,
Au front des tours le lierre.
J'aime le chemin creux
Que bordent l'aubépine,

Le genêt, l'églantine
Et les myosotis bleus.
Oui ! j'aime une retraite
Près d'un lac transparent
Où le ciel se reflète;
Mais j'aime encor bien plus le boulevard de Gand.

L'IRONIE

Quand un cœur est frappé dans ses illusions ;
Quand il voit son bonheur et ses affections
S'écraser sous les pieds de l'amère ironie,
Pour bien longtemps en lui toute joie est ternie.
L'ironie est de glace; elle éteint le bonheur;
Le plus doux souvenir se transforme en douleur,

Alors qu'elle a posé sur lui son doigt profane.
L'ironie, en un mot, refroidit, brise et fane.
Non ! L'homme, voyez-vous, ne l'emploierait jamais,
Certes, s'il savait bien tous les maux qu'elle a faits.

Trop souvent l'ironie est puissante à détruire;
Mais elle est inféconde et ne peut rien produire.
Chaque rêve enlevé nous laisse vide au cœur
Une place dont vient s'emparer la douleur.

Donc l'ironie, amis, n'est qu'un mal inutile;
Un mal, cruel toujours, et souvent imbécile,
Qui fauche, sans rien voir, tout indifféremment,
L'ivraie et le bon grain, la ronce et le froment.
C'est un fléau sans cause, un ouragan stupide,
Qui trouble et qui salit l'onde la plus limpide.

L'automne est la saison la plus chère aux chasseurs ;
Elle est aimée aussi des poëtes rêveurs,
Aux doux accents plaintifs, aux chants pleins de tristesse,
Roucoulant à mi-voix quelque amoureuse ivresse.
C'est la morne saison des rêves incompris ;
La saison de la brume et des horizons gris.

TABLE

Paris. — Imprimerie de Mme Ve Dondey-Dupré, rue Saint-Louis, 46.

www.ingramcontent.com/pod-product-compliance
Ingram Content Group UK Ltd.
Pitfield, Milton Keynes, MK11 3LW, UK
UKHW020248220726
13923UKWH00002B/862